AF321450

ESTRENNES

SVR LE MARIAGE
DV ROY, ET DE MARIE
de Medicis, Princeſſe
de Florence.

AV ROY.

Par P.P. De Chambrun, ſieur de Lempery.

*Augmenté d'vn Cantique & reſiouyſſance des François,
ſur la venuë de la Royne en France.*

A PARIS,

Chez Denis Binet, pres la porte S. Marcel.

Iouxte la copie imprimée à Lyon, Par Guichard Iullieron,
Imprimeur ordinaire du Roy.

M. DCI.
Auec permiſſion.

SVR LE

MARIAGE DV ROY
ET DE MARIE DE MEDICIS,
Princeſſe de Florence.

Pour eſtrennes au Roy.

ON Roy qui en valeur ſurpaſſes tous les Rois,
Qui ne vois riẽ de grand ſinon quãd tu te vois:
Hercul' de l'Hydre hydeux des troubles de la France,
Aſtre qui dois encor regir tout l'Vniuers,
Et mettre ſoubs tes loix tant de peuples diuers,
Alliant tes beaux Lys à la Fleur de Florence.

Benit ſoit le conſeil qui rendit tes eſprits
D'vne ſi belle Fleur, ſi ſainctement eſpris:
Qui change nos regrets en tres-belle eſperance.
Conſeil ſorty des Cieux, ou bien d'vn vieux Neſtor
Tu nous rameneras un autre ſiecle d'or,
Marie mariant aux fleurs de Lys de France.

Mais que nous ſeruiroit ceſt admirable accord
D'vn peuple des-vny, courant apres ſa mort,

A iij

4

Et d'auoir appaisé les fureurs de la France,
Qui sans toy, se baignoit dedans son propre sang,
Et de ses propres mains se deschiroit le flanc,
Si France vn franc fleuron n'auoit de ta semence?

Car elle tourneroit bien tost à son malheur.
Ah! le seul souuenir me fait trembler le cœur,
Le ciel ne veit iamais si cruelle souffrance:
Iamais tant de Partis, ny tant de Roytelets,
Que la France verroit presqu'en tous ses anglets,
Si des Lys ne sortoyent de la fleur de Florence.

Mais le Ciel t'ayme tant, qu'il ne permettra pas
Qu'vn Prince tel que toy voye le noir trespas,
Sans le throsne François orner de ta semence:
Semence qui suyuant les pas de tes vertus,
Tiendra nos ennemis à ses pieds abbatus,
Et aux Indes mettra les bornes de la France.

Non, non, ie voy des-ja vn Iule naissant,
I'oy le peuple François, qui s'en resiouyssant,
Mil' hymnes va chantant au iour de sa naissance:
Naissance bien-heureuse, attendue de tous,
Qui nous doit amener vn temps clairement doux,
Et nos tremblantes peurs changer en asseurance.

O Dauphin, Dieu te gard': Ha, des-ja ie te vois
Dorloter au berceau par le peuple François:
Puis encor ie te voy sortant de ton enfance,
Disciple bien-aymé de Pallas & de Mars:
Puis ie te voy encor chef de mille estendars,
Ne faisant que sortir de ton adolescence.

Apres ayant attaint vn âge plus parfait,
Le Tartare, & le Turc ie voy par toy deffait,
Et tous ceux qui de Christ vomissent la croyance :
Croyance que tu dois mettre en tout l'Vniuers,
Y plantant, Roy vainqueur, tes lauriers tousiours vers,
Qui bruiront dans les cieux le los de ta vaillance.

SIRE, ie ne suis point Astrologue menteur,
Ny le Dieu Pythien ne m'eschauffe le cœur,
Enflant mon sein pantois de vaine prescience :
Mais ie sçay que les cieux, & le fatal destin
Veulent que de toy sorte vn Prince tout diuin,
Ioignant tes fleurs de lys à la fleur de Florence.

Haste-toy donc, mon Roy, & va t'en embrasser
Ceste belle Pallas, qui te vient caresser :
Et marie Marie aux fleurs de lys de France.
Quoy ? ne languis-tu pas de voir son doux regard,
Sa grace, ses attraits, & son ris si mignard,
Et d'ouyr ses discours pleins de rare eloquence ?

Non, tu n'as qu'en tableau veu encor son portrait,
Mais si tu auois veu ceste gorge de laict,
Cest esprit, des esprits la pure quint'essence :
Ce maintien admiré des hommes & des Dieux,
Ces beaux yeux, non pas yeux, mais astres radieux,
Que tes amours seroyent plaines d'impatience.

Tu lairrois pour vn temps les combats du Dieu Mars,
Et suiurois de Venus les plaisants estendars,
Car Sauoye ne peut eschapper à la France,
Puis que ce Montmelian, qui menassoit les cieux,

La clef, le chef, l'effroy de ces monts sorcilleux,
Te redoutant, s'est mis à ton obeyssance.

Mais qui arrestera de tes armes le cours,
Grand Roy, puis que tu as du grand Dieu le secours:
Et que tu sens du ciel la diuine assistance.
Non, non, il n'y a rien d'imprenable & si fort,
Qui puisse soustenir ton inuincible effort,
Rien que le Ciel ne peut te faire resistance.

La fortune d'Auguste accompagne tes pas,
Des Cesars on ne bruit des-ja plus les combats,
Estant ce Tout remply du bruit de ta vaillance:
Tes plus grands ennemis publiant tes vertus,
Reputent à honneur d'estre par toy vaincus,
Et loüant ta valeur admirent ta clemence.

Tout le Piemont ja tremble: & le Marquisat las
D'obeyr à vn Duc, tend à son Roy les bras:
Et l'Italie craint ta voisine puissance.
L'Espagnol te redoute, & le braue Germain
Te voudroit voir sacré sur les riues du Mein,
Empereur d'Alemaigne, & de l'antique France.

En quoy s'occuperoyent tant de braues guerriers,
Qui ne respirent rien qu'acquerir des lauriers,
Et de borner plus loin les limites de France?
Tu sçais que le François sans estranger dessain,
Son estoc furieux tourne contre son sein,
Et ayme mieux mourir, qu'enterrer sa vaillance.

Suy donques ta fortune, ô Prince valeureux,
Et puis qu'elle te rit, la tenant aux cheueux:

Du mutin Piemontois rauale l'arrogance,
Qui occupant le tien, s'est osé prendre à toy.
,, Qui a la bonne cause & la raison pour soy
,, Prend de ses ennemis facilement vengeance,

Mais parmy le succés de ces rudes combats,
Repren d'vn doux Hymen les plus plaisans esbats,
Entant tes lys sacrez sur la fleur de Florence.
Vn seul fils te rendra Monarque triomphant;
Croy moy, il te vaut mieux vn legitime enfant,
Qu'auoir tout l'Vniuers à ton obeyssance.

Puisse-ie voir dans l'an ce ieune Prince né,
Que le ciel ja long temps nous a predestiné:
La terreur des meschans, & des bons l'asseurance:
Puisse-ie le voir Roy de tout cest Vniuers,
Et puissent à iamais viure dedans mes vers
HENRY LA FLEVR DES ROYS, ET
LA FLEVR DE FLORENCE.

A LA ROYNE,

SONNET.

MERVEILLE *de nos iours, ô diuine Princeſſe,*
Que le Ciel a donnee au Monarque François,
Pour remplir l'Vniuers de Princes & de Rois,
Surjons de ſa valeur, & de voſtre ſageſſe.

Eſtant aux champs vaincus de Sauoye & de Breſſe,
Vos graces & vertus par ces vers ie chantois:
Mais c'eſtoit baſſement, & d'vne humaine voix,
Car ie ne ſçauoy pas que vous fuſſiez Deeſſe.

Minerue, de mon Roy l'amour & le ſoucy,
Pardonnez à mes vers, qui vous crient mercy,
Le mortel ne produit que des œuures mortelles.

Mais depuis que i'ay veu vos beaux yeux, ma Pallas
Ie ſuis vn demi-dieu, & mes vers des Atlas,
Qui porteront és cieux vos vertus immortelles.

HONNEVR DV LABEVR.

CHANT NVPTIAL

sur le Mariage du Roy & de la Royne.

ENCOR la loy Celeste, encor la destinee
Vnit le Liz de pourpre aux trois grands Lis
    dorez,
Et par les chastes neuds d'vn Royal Hymenæe
Reconjoint leurs fleurons par la mort separez :
La Vierge chasseresse à la fin s'est soumise
Aux douces loix du iou fuy si longuement,
Bien qu'elle n'ait daigné depoüiller sa franchise
Que pour la saincte amour de Mars tant seulement.
L'heureux Mars des François, l'aisné fils de victoire
L'exemple & l'ornement des Princes valeureux
Seul entre tous les Grands a remporté la gloire
De soumettre à l'Amour cet esprit genereux;
L'arc que reuere és bois la plus fiere Napæe
Ne se pouuant ranger sous l'amoureuse loy,
Que par la plus fameuse & plus vaillante espee
Qui jamais se fist creindre en la main d'vn grand Roy.

B

Quels festons, quelles fleurs, quels doux chants de liesse,
Quels ardants feux de ioye en mille lieux épris
Seront dignes tesmoings de la iuste allegresse
Que ce sainct Hymenæe excite en noz esprits?
Qui ressent le plus d'aise ou vous Valeur extreme,
Possedant la beauté d'vne si rare Fleur,
Ou vous Fleur de beauté seule egale à vous mesme
Conioincte au parangon de clemente valeur?
Certes, ou ceste ioye est pareille en voz ames,
Ou bien si sa douceur vous paist diuersement,
Celuy de vous qui brusle en de plus viues flames
Est le plus transporté d'vn doux rauissement:
Car plus l'amour d'vn bien trauailloit l'esperance,
Plus en l'ayant acquis on ressent de plaisir:
Et le contentement qui suit la iouissance
Se mesure tousiours à l'ardeur du desir.
VOVS que tout l'vniuers se promet pour Monarque,
Grand Roy, goustez vn peu l'heur que vous possedez,
Iouyssant d'vne Fleur dont le choix est pour marque
Qu'Amour incessamment n'a pas les yeux bandez.
Nul qui viue icy bas ne peut voir sans merueille
Luire en vn corps humain tant de graces des cieux,
Et ceux que son renom attiroit par l'oreille,
Son regard maintenant les rauit par les yeux.
La douce Majesté qui pare vn diadesme
S'assied en son visage, & demarche en ses pas:
La beauté deuant elle est presque sans soymesme,
Et les Graces sans grace, & Venus sans appasts,
Son estre estant tyssu d'vne si rare trame,
Qu'on doute qui des deux à des charmes plus forts
Ou l'extreme beauté des vertus de son ame,
Ou l'extreme vertu des beautez de son corps.

Aussi doibt voſtre cœur reſſentir plus de joye
   D'eſtre pris en des lacs ſi chaſtes & ſi beaux,
   Que d'auoir terraſſé l'orgueil de la Sauoye
   Domptant ſes grands rochers coronnez de chaſteaux:
   Et faut qu'en ceſte pompe où le Ciel enuironne
   De myrthe & de laurier voſtre front tout-autour
   Les triomphes ſanglants de la fiere Bellonne
   Cedent la gloire à ceux de Iunon & d'Amour.
Bien paroit-il à l'heur qui vous rend tout poſſible
   Que Bellonne & l'Amour ont egal ſoin de vous:
   L'vne vous fait domter tout ce qu'elle a d'horrible,
   L'autre vous fait gouſter tout ce qu'il a de doux:
   Mais vous n'auez iamais foudroyé par les armes
   Vn ſi rude ennemy qui vous ayt affronté,
   Qu'Amour, ſans vous contraindre a dependre des
      larmes,
   Vous fait icy iouir d'vne douce beauté.
Bruſlez dedans le feu que ſes graces attizent
   D'vne ardeur volontaire & durable à iamais,
   Content qu'en voſtre cœur ſes flames s'eternizent
   Et qu'Amour ſoit pour vous ſans aiſles deſormais:
   Montrez qu'en ce courage où la vertu n'aſſemble
   Que des deſirs tous pleins de ſainte ambition,
   La raiſon & l'Amour ont fait la paix enſemble,
   Et que voſtre deuoir eſt voſtre paſſion.
Comme qui conioindroit deux flambeaux par les meches,
   Leurs feux ſe confondants n'en feroint qu'vn de deux:
   Faites qu'ainſi voz cœurs attaints de meſmes fleches
   Vniſſent à iamais leurs ſaincts & chaſtes feux:
   Soyez en bien aymant l'exemple qui l'incite
   A faire que le ſien croiſſe de iour en iour:
   Et ce que par deuoir voſtre vertu merite,
   Veuillés le meriter meſme encor par amour.

B ij

12

Et vous en qui le ciel ses richesses admire,
   Et que sa grace appelle à ce sort bien-heureux
   De voir sous vostre sceptre vn si puissant empire,
   Et d'auoir pour espoux vn Roy si genereux,
   Royne de qui la gloire emplit la terre & l'onde
   Voyez de quel honneur vostre front est vestu,
   Certeinë de passer tes plus grandes du monde,
   En extreme bonheur aussi bien qu'en vertu.
Vous ne possedez point le cœur d'vn de ces Princes
   A qui l'heur d'estre grands tient lieu d'vnique bien,
   Qui pour toute louange ont de riches prouinces,
   Et qui tous Roys qu'ils sont, d'eux mesmes ne sont rien:
   Mais d'vn si venerable aux ames plus felonnes
   Qu'estant en ce sommet & de puissance & d'heur
   Plus grand par ses vertus qu'il n'est par ses couronnes,
   Son double diadême est sa moindre grandeur.
Aymez & reuerez pour ses graces extrêmes,
   Et pour tant de beaux faits qui le font adorer,
   Ce que les plus cruels de ses ennemis mesmes
   Se sentent par contrainte aymer & reuerer:
   Bruslez encor pour luy quand l'empire des rides
   Ne lairra plus voz liz & voz roses fleurir:
   Et soyez desormais comme deux pyralides
   Qui dans vn mesme feu veuillent viure & mourir.
Vous l'embrassez orné des victoires nouuelles,
   Dont n'agueres noz cœurs se font ennorgueilliz,
   Et l'Hymen qui vous ceint de chaines eternelles
   A le front tout couuert de lauriers frais cueilliz:
   Mais ce sont des effects que son bonheur enfante,
   Et c'est plus qu'à bon droit, qu'apres tant de hazards
   Ou l'Amour fut armé, Iunon est triomphante:
   Ainsi deuoit Diane estre coniointe à Mars.

Face la loy du Ciel que ce soit vn presage
   Qu'il naistra de vous deux de triomphants guerriers
   Qui mesme entrant au monde auront tout le visage
   Fierement vmbragé de superbes lauriers:
   L'acier leur armera la dextre & la senestre,
   Et de fer tout doré leur scin ira brillant:
   Ainsi nasquit Pallas, ainsi nous doiuent naistre
   Les magnanimes fils d'vn pere si vaillant.

Mais non, que l'Oliuier ceigne leurs jeunes testes
   En pacifiques Roys plustost qu'en triomphants:
   Aussi bien viuront ils sans guerrieres conquestes:
   Le pere en rauira le suiet aux enfants
   Auant que d'icy bas aux cieux il se retire,
   Si rien doibt arrester ses triomphes diuers,
   Ce sera ne pouuoir estendre son empire
   Par delà les confins qui bornent l'vniuers.

C'est pourquoy l'heureux cours des fortunes presentes
   Ne laissant à la France aucun mal redouter,
   Sinon que les fureurs des ciuiles tormentes
   Les viennent derechef de leurs flots agiter,
   Nous requerons sans cesse vne paix assuree
   Qui mette à ces mal'heurs vne eternelle fin:
   Et vous sage Beauté pour tel bien desirce,
   Vous nous la donnerez nous donnant vn Dauphin.

Puisse-il naistre bien tost pour calmer tous orages,
   Dissemblable en cela des dauphins de la mer,
   Qui nageants sur les flots sont asseurez presages
   Que bien tost leur courroux les doibt faire escumer:
   Le Ciel ayant donné par l'effroy de la guerre
   Vn si genereux Prince à noz loix pour apuy,
   Ne peut plus nous donner rien de grand sur la terre
   Sinon vn successeur du tout semblable à luy.

                  BERTAVT.

CANTIQVE ET RESIOVISSANCE
des François, sur la venuë du Roy & de la Royne, & sur le Mariage.

Sur le chant, Quand ie vois ce bel œil vainqueur.

Oüons tous Dieu à ceste fois
Peuple François,
Chantons le los & la grandeur
D'vne Princesse
Grande en sagesse
Et en valeur.
   Chantons vne diuine fleur,
Puis que l'odeur
S'espand ja par tout l'vniuers:
Et sa semence
Fait naistre en France
Des lauriers vers.
   Pallas que nous attendions tant
Est à present
Venuë & acole son Mars,
Orné de gloire
Et de victoire
Des Sauoyards.
   Nostre Roy couuert de lauriers
Vient volontiers
Pour voir vn corps si radieux:
Ayant Sauoye
Il prend sa voye
Vers ses beaux yeux.
   Pour vn temps il laisse de Mars
Les estendars
Pour espouser vne Pallas:
D'aymer Marie
Sa fleur cherie
C'est son soulas.

L'odeur de ceste belle fleur,
Et sa valeur,
Gaigne son amour coiugal,
Frappant son ame
De saincte flame
D'amour esgal.
   C'est Dieu qui nous l'enuoye, à fin
Qu'vn fils Dauphin
Naisse d'elle dedans neuf mois:
Car l'heur de France,
Vient de Florence
A ceste fois.
   Benite soit l'heure & le iour
Que cest amour
Sainctement s'est joinct en deux cœurs:
L'amour celeste
Se manifeste
A leurs grandeurs.
   Cest amour si sainct & diuin
Mettra à fin
Le feu cuisant de nos malheurs:
Donques Marie
Sera cherie
Pour ses douceurs.
   Sa vertu la fait estimer
Et honorer,
Son cœur sainct & deuotieux
Est charitable,
Et est loüable
Iusques aux cieux.
   Pource elle est iointe à la valeur
Et la grandeur
D'vn Prince plein d'amour diuin:
Le Roy merite

La fleur eslite
D'vn beau jardin.
  Ceste fleur iointe aux fleurs de lys
Nous a promis
De faire naiftre vn fiecle d'or:
La Vierge Aftree
Nous a douée
D'vn beau threfor.
  Ceste Princeffe eft l'ornement
Du firmament,
Elle eft le bon heur des François:
Dieu nous l'enuoye
Afin qu'on voye
Fleurir fes loix.
  Viue donc noftre grand Henry
De Dieu chery,
Lequel eft venu triomphant,
Voir la Princeffe
Où la fageffe
Va floriffant.
  Voüons nos vies & nos cœurs
A leurs grandeurs,
Prions d'vn cœur deuotieux
Que Dieu les garde
Deffous fa garde
De fes hauts cieux.
  Qu'ils viuent donc vn fiecle d'ans
Et triomphans,
Qu'vn Dauphin forte des beaux lis:
Que chacun die
Viue Marie
De Medicis.

FIN.